衛斯理系列 少年版 22
烈火女

上

作者：衛斯理

文字整理：耿啟文

繪畫：鄺志德

U0130537

老少咸宜的新作

　　寫了幾十年的小說，從來沒想過讀者的年齡層，直到出版社提出可以有少年版，才猛然省起，讀者年齡不同，對文字的理解和接受能力，也有所不同，確然可以將少年作特定對象而寫作。然本人年邁力衰，且不是所長，就由出版社籌劃。經蘇惠良老總精心處理，少年版面世。讀畢，大是嘆服，豈止少年，直頭老少咸宜，舊文新生，妙不可言，樂為之序。

倪匡　2018.10.11　香港

目錄

主要登場角色

白素

紅綾

衛斯理

藍絲

良辰美景

第四十一章

白素的安排

我和白素去歐洲見白老大，告訴他我們已找回**失散**多年的女兒紅綾。一切交代清楚後，我倆從歐洲回來，白素隨即坐立不安，急不及待又想去苗疆見女兒，她非常**着急**要把紅綾訓練成適合在 **現代社會** 生活的人。但我恰巧遇上一件十分重大的事，所以這次沒有和白素一起去苗疆。

那件重大的事完結後，某天我回到住所，出乎意料之外，良辰美景赫然已在客廳之中，一見我就**叫嚷**了起來：「真是豈有此理，紅綾妹子找回來了，也不告訴我

們，要不是白姐姐和我們聯絡，我們還不知道這麼**大**的

秘密呢。」

「等等——」我心中升起了**不祥**的預感，「白素還

對你們說了些什麼？」

良辰美景一臉高興，「她請我們到苗疆去玩。」

我立刻皺起了眉，白素曾說過紅綾很**抗拒**她的訓

練，老是跟兩頭靈猴玩耍，到處亂跑，白素追也追不上，

所以想到，叫良辰美景來幫她看牢紅綾。我很反對白素強

行改變紅綾的**生活習慣**，誰知道她還是要進行這個計劃。

看到良辰美景那充滿期待的興奮心情，我知道天王老

子來了也擋不住她們去苗疆玩，只好想辦法「**收買**」她

們，加入我的陣營，我說：「要先聽聽紅綾的故事嗎？」

「早就知道了。」她們一臉得意，自然是白素已跟她

們說過。

但我笑道：「有一些是你們不知道的，來，給你們直接看 影片 。」

我從白素所拍的三千多條影片中，選紅綾最可愛的片段來播放，與良辰美景一起看。良辰美景的感覺十分 *敏銳* ，看了沒多久就說：「紅綾有 *野人* 的性格，不喜歡受拘束。」

她們的反應正中下懷，我立即趁機道：「對。白素要你們到苗疆去，是幫她加強 管束 紅綾。這事我很反對。」

接着我又把我和白素之間的意見分歧說了出來，良辰美景與紅綾性格相近，我深信兩人一定會站在紅綾這一邊。果然，她們說：「白姐姐太 **性急** 了，看，紅綾多可愛，真是渾然天成，不應該強迫她改變。」

「對啊！」她們的觀點 **正合我意** ，我隨即問：「那麼，你們還會去苗疆管束她嗎？」

　　良辰美景沉默了半晌，認真思索後說：「我們還是要去，但不會管束她，就算白姐姐吩咐，我們也不會答應。我們會和紅綾一起玩，讓她覺得和我們在一起，比和猴子在一起**更好玩**。」

　　沒想到她們兩人還是挺聰穎的，能夠在我和白素之間找到一個折衷點，既不強行管束紅綾，又能誘導紅綾多跟人類玩在一起。我也想不出任何反對的理由了。

　　良辰美景一想到可以去苗疆玩，情不自禁地歡呼起來，像*穿花 蝴蝶*般亂竄，我暗中拿她們的身法和那一對*銀猿*相比較，還真難判斷誰更快捷靈活一些。

　　我又說了許多關於苗疆的情形，她們聽得津津有味，對許多事情都大感**好奇**，她們齊聲問：「烈火女是怎麼一回事？」

我攤了攤手：「不知道，現在已經沒有烈火女了，**無從查考**。」

她們追問下去：「那麼白姐姐的媽媽到哪兒去了？為什麼會拋下連話都不會說的小紅綾？另外，那宇宙飛船——」

良辰美景**嘰哩咕嚕**說個不停，我連忙打斷她們：「或許這些謎團，都要等你們去解開。」

怎料她們聽了我這樣說，興奮不已，逕自討論得更熱烈。

就在她們你一言我一語，滔滔不絕的時候，我的手機響起，一接聽，傳來了白素的**聲音**，她先叫了我一聲，然後問：「良辰美景到了嗎？」

我望了一眼良辰美景，答道：「到了！」

良辰美景一看我的神情就知道電話的另一端是白素，一起衝過來大喊：「**白姐姐！**」

我乾脆打開手機的揚聲器讓她們一起聊，白素聽到她們的聲音就立刻說：「你們盡快來好不好？紅綾聽我提起你們，很**心急**想和你們玩。」

良辰美景大叫：「好啊！我們盡快來！」

「等等，要給我一些時間作準備。」我冷靜道。

怎料白素說：「你暫時可以**不用**來。」

「為什麼？」我驚詫地問。

「你太寵紅綾了，有你在，她就會**恃寵而驕**，不聽我的話，那麼我的努力就前功盡廢了。」

我隨即向良辰美景打了一個眼色，示意她們看看白素對紅綾多嚴厲。

她們**瞪了瞪**眼睛，然後與白素約定好了時

間，到時白素和紅綾會到機場接她們。白素最後嘆了一句：「希望到時紅綾不會把兩頭靈猴也帶去。」

我正想說話，良辰美景已笑道：「牠們來了也好，聽說牠們身手非常*敏捷*，不知道和我們比，誰的動作更快。」

我立刻*附和*：「對啊，我也想知道靈猴身手快，還是良辰美景速度高。如果紅綾要兩頭銀猿同行，就由她吧。」

白素笑了一下，「你就是愛*縱容*女兒。」

難得白素利用直升機上的先進通信設備給我打電話，我本來還想跟她多聊幾句的，豈料良辰美景匆匆替我📞掛

線，急着要出發去機場。

我無可奈何地送她們到機場，並千叮萬囑：「記住，如有變故，立刻通知我。」

良辰美景一致**點頭**，「我們一定會和紅綾相處得十分好，你不必擔心。」

把她們送走了之後，我的心情十分矛盾，既希望盡快收到她們的電話，告訴我有關紅綾和白素的情況；可是又怕她們的來電是因為發生了變故，給我帶來什麼壞消息。

過了四天，電話終於來了，那是**午夜時分**，我剛入睡，就被電話鈴聲弄醒。這是一種很奇怪的感覺——電話鈴聲理應每次都一樣，不會帶着情緒變化，可是有時候，我們偏偏能直覺地感到某個電話特別**緊急**，鈴聲聽起來也特別驚心。

　　那時我就有這樣的直覺，於是急忙跳起牀，伸手拿起手機接聽，「喂」了一聲，就聽到良辰美景的聲音在叫：

　　「**謝天謝地**，終於和你聯絡上了。」

　　我一聽就感到不妙，連忙問：「為什麼這樣説？」

　　良辰美景喘着氣：「我們對直升機上的通訊設備不熟悉，不懂得使用，而且這直升機好像有點**不尋常**……」

　　那直升機是我一位外星朋友留下來的，機上的設備經過他改裝，有不少甚至是地球上 **絕無僅有** 的，良辰美景不懂得使用，不足為奇。但我關心的重點根本不在這裏，我立刻說：「不！我是問到底發生了什麼事，令你們急着要聯絡我？」

　　她們還沒開口說，我就突然想到，那些通信設備白素是懂得怎麼用的，為什麼白素不來操作，而她們又不向白素請教？那表示白素沒有和良辰美景在一起，而且良辰美景是在**緊急情況**下聯絡我的，所以事先沒有向白素請教過怎麼用那些設備。

　　我大感不妙，立刻**疾聲**問：「白素怎麼了？」

第四十二章

全都不見了

「**她不見了！**」良辰美景抽噎着説。

白素不見了！我聽了不禁呆住，一時間反應不過來，接着她們又説：「紅綾也不見了，還有那兩頭該死的猴子，也不見了。」

我喘着氣，這時她們才漸漸説得比較有點*條理*：「先是紅綾和兩隻猴子不見了，白姐姐去找，也沒有回來。」

「多久了？」我又驚又怒。

「**兩天了。**」

良辰美景才去了四天，由此可知，她們到了藍家峒之

後，不到兩天，紅綾就不見了，白素去找她，這兩天也沒有回來。

「她一個人去找紅綾？」我問。

良辰美景以為我在責怪她們，登時**哇哇大哭**起來，一面哭，一面為自己辯解：「白姐姐堅持要一個人去，不讓我們跟着，我們有什麼法子？而且，我們留下來也有好處，不然，誰來向你**報信**？指望十二天官，他們更不懂。」

「別哭了，我沒有怪你們。」我知道事態嚴重，必須果斷行事，立刻吩咐道：「你們立刻駕駛這

直升機到機場來接我，我會向陶氏集團借**私人飛機**

趕去，也會通知藍絲來會合，別再哭了。」

　　她們抽噎着答應了一聲，我立刻聯絡陶氏那邊，一說

即成，只等機場方面臨時安排，等了將近四十分鐘。

　　飛機起飛之後，我的心依然很**慌亂**。坦白說，我並

不擔心紅綾，因為她在苗疆長大，有什麼危險地方沒去過？

山巒之間，森林之中，絕壁之上，別人看來凶險無比的地

方，她只視作兒童遊樂場一樣。而且，她還有兩頭**靈**

猴作伴，自然不必為她擔心什麼。

　　要擔心的倒是白素。她雖然機智過人，身手非凡，可

是苗疆實在險地太多了，處處都是**死亡陷阱**，而且

她已經離開了兩天之久，還沒有回來，實在令人憂心如

焚。

　　飛機抵達目的地，降落時，正是凌晨時分，東方微現

魚肚白色，機場十分**平靜**，有幾架飛機停着，卻不見我叫良辰美景開來的那架直升機。

我一下機，就看到藍絲駕着一輛車**疾駛**過來迎接，車還沒停定，她就探頭向我大喊：「她們的直升機還未到，而且機場方面也沒有收到任何聯絡。」

我一聽之下，不禁**頓足**——都是我的錯，只顧急着到藍家峒去，卻沒有想到良辰美景連直升機上的通訊設備都不會用，又怎麼懂得駕駛它？就算她們懂得駕駛，也不知道飛行路線。而我居然要她們駕機前來，簡直是置她們於**險地**。

藍絲看出我**焦急**的模樣，壓低了聲音問：「那兩姐妹……會不會駕駛直升機？」

我的臉容和反應已經回答了她，我急得雙腳直跳，萬一良辰美景有了什麼意外，我絕對責無旁貸，是我害了她們。

「急也沒有用，只好 **等**。」藍絲安慰我。

機場不斷嘗試與她們的直升機取得聯絡，而我抬頭望向破曉的天空，只盼聽到軋軋的直升機聲音。

可是直到**太陽**升起，碧空萬里，依然沒有半點直升機的影子。

　　她們早該到了，但一直等到當天中午還未出現，幾乎可以肯定她們出了什麼意外。

　　「不能再等下去了。」我焦急萬分，「良辰美景一定出了事，我們一路**步行**前去，或許有機會發現她們。」

　　「這裏步行去藍家峒至少要五到七天。我們弄一架直升機去找她們吧，我來駕駛，你用**望遠鏡**去搜索，這樣會有效率得多。」

　　聽了藍絲的話，我不禁苦笑——那麼簡單的辦法，我竟然想不到，證明那時我真是急昏頭了。

　　藍絲利用自己**降頭師**在當地的地位，請求機場替我們安排一架性能良好的直升機、精良的望遠鏡和通信器等設備。

在等候期間，我和藍絲聊了許多事情，包括苗疆、白素、良辰美景，自然也少不了她的**小情郎**溫寶裕，而我們談得最多的，是關於紅綾的事。

她嘆了一聲説：「紅綾不做野人，好像並**不快樂**。」

我怔了一怔，想不到藍絲和紅綾接觸不多，也感覺到這一點。

我也嘆了一口氣，「她真正的感覺怎麼樣，我不知道。但是我想，她不至於不快樂，因為她不會做自己不喜歡的事，而且她很**容易**就能快樂起來，這或許就是野人的**天性**。」

藍絲笑了，「做野人真好。」

這時我忽然想到了一個問題：「藍絲，你不知道自己的身世來歷，要是忽然像紅綾那樣，你的父母出現了，你會怎樣？」

「我一定**歡天喜地**，高興得難以形容。」藍絲真心誠意地說。

我又問：「那麼，如果父母要嚴厲**管教**你，令你完全改變現在的生活方式呢？」

藍絲明白我這樣問的用意，她回答道：「我會**表面**聽從，但實際仍然我行我素，我想，紅綾現在做的也是這樣。」

我不禁苦笑，這正是紅綾和白素之間的**矛盾**所在，令白素的計劃停滯不前。

藍絲忽然又感慨起來，「我快**滿師**了，等我滿師之後，就到蠱苗峒去。」

我吸了一口氣，藍絲所説的「蠱苗峒」，自然是那個獨一無二的蠱苗峒，我早年曾去過，並且和後來當上峒主的猛哥成了好朋友。藍絲要到那裏去，自然是她相信自己

的身世來歷和蠱苗有關，因為她雙

腿上自嬰兒時就各有  蜈蚣

和 蠍子 的刺青，

使當時發現她的

十二天官，認

為她是蠱神

的女兒，收養

了她。

　　我明白她想弄清楚自己的 **身世**，於是支持道：「要

是猛哥還是峒主，你去的話，提起我的名字，行事會方便

得多。」

　　藍絲知道我那段經歷，十分佩服，「你真了不起，竟

然與苗人之中最 **神秘** 的蠱苗有交往，很多苗人也做不

到。」

對於她的稱讚，我有點 **愧不敢當**，和蠱苗有交往的漢人肯定不止我一個。至少，白老大也和蠱苗有過交往，不然他怎麼會有那翠綠得鮮嫩欲滴的 **小甲蟲**？

還記得那隻小甲蟲嗎？原是白老大的，白老大給了陳大小姐，也就是白素的母親，然後陳大小姐又託人送到成都的 **大帥府**，送給她的妹妹作為五歲生日禮物。這段往事記錄在《探險》和《繼續探險》兩個故事之中。

那綠色的小蟲是蠱苗的東西，如果白老大未曾和蠱苗有來往，**何以會有那小蟲？**

可是白老大和蠱苗是怎麼認識的，當中經過如何，我就不得而知了。

想到這裏，我又把那小蟲的外貌和顏色形容了一番，問藍絲：「這種小蟲有什麼作用？」

　　在降頭術和蠱術之中，許多不知名的昆蟲擔任了十分重要的角色，我就曾見過藍絲有一隻寶藍色的小蟲，稱之為「**引路神蟲**」，能起十分奇妙的作用。

　　藍絲被我一問，顯得有點慚愧，「這可問倒我了，成千上萬的蟲子，各有不同的用處，別說沒見着，就算看到了，我也未必說得上來。」

　　天快黑了，沒想到直升機及其他裝備要安排那麼久，直到這時候才給我們準備妥當。我急不及待就要**起程**。

第四十三章

一堆篝火 背後會有 什麼故事？

雖然這時天已黑了，但我半刻都不想耽擱，既然備妥了 紅外線夜視望遠鏡 和通信器，我和藍絲立刻出發搜索去。

直升機由藍絲駕駛，不到半小時，已經飛到了連綿不

斷的山巒上空。在黑暗中看來，起伏的山崗、異峰突起的山頭、鬱鬱蒼蒼的森林、泛着**銀光**的江河、都有説不出來的神秘感，蘊藏着不知多少大自然奧秘。

那支有紅外線夜視功能的望遠鏡性能甚好，我利用它觀察地面情況，甚至可以看到在大樹上蜿蜒移動的**大蟒蛇**，也可以看到成群結隊飛翔的**蝙蝠**。

一個小時之後，更加深入蠻荒，但一直沒有發現，看得我眼睛發痛，不得不放下望遠鏡休息一會，但就在這個時候，我和藍絲同時發出了一下驚呼聲，因為我們看到了**火光**！

發現了火光，就一定有人。當然有可能只是個苗人村落，或者是進入深山夜獵的勇敢獵人，不一定是我要找的目標，所以我連忙又舉起望遠鏡細看。

我看到了火光的來源是一堆**篝火**，在高倍數的望遠鏡中，可以清楚看到那堆篝火的樹枝是呈「井」字形堆成的。

生篝火是*野外生活*十分重要的技能，可以取暖、燒烤食物，防止野獸、昆蟲、惡鳥的侵犯。而篝火的堆疊也有一定的講究，樹枝要選**乾透**了的，而且不同品種的樹枝會有不同的效果。例如松枝多油，燃燒起來火旺，會發出「*滋滋*」的聲響。

至於樹枝的堆疊，有疊成金字塔形的，有三角形、井字形、六角形，甚至疊成圓形，按各地習慣而不同。據我所知，苗人生篝火，大都是亂七八糟地一堆，火頭特別**旺**，火舌四下亂竄，苗人就喜歡這股熱鬧。

而這時我看到的那堆篝火，卻堆成「井」字形，有利於空氣流通，火頭集中，竄得相當高，和苗人的火堆不同。

一看到這樣的篝火，我立刻推斷：「這火堆**不是**苗人點燃的。」

接着我又看到火堆之上架着一隻不知是獐是鹿、剝了皮的獸類，這不是苗人的烤法，苗人是把食物用**大葉子**包起來，裹上泥，投進火堆裏燒的。

「下面有人，但不是苗人。快降落去看看。」我着急地説。

直升機開始盤旋，嘗試尋找地方降落。可是那裏全是**巍峨**的山石、茂密的叢林，不易找到適合降落的地方。

我不想耽誤時間，於是果斷地説：「縋我下去，然後你到附近的山頭上找地方停下來等我，我們用 **通信器** 保持聯繫。」

藍絲也想不出更好的辦法來，只好同意我的方法。

我準備了一些必需用品，檢查了一下通信器，並提醒道：「**有效範圍**是三公里，我們都要注意，不要走太遠。」

一切準備妥當，我套上腰帶，從機艙的下腹，由鋼纜縋了下去。

這時，直升機離地面約有三十米，機翼扇起的**強風**，已影響到了火堆，令得火頭亂竄。

當我縋下去的時候，還是沒看到有人。直升機發出的**聲響**如此巨大，如果生篝火的人是良辰美景，她們一定會現身向直升機求救。但如今沒有**人影**，要麼對方並非良辰美景，因為不清楚直升機的來意，所以先**躲**起來；要麼就是良辰美景遇到了什麼事，生起篝火之後就不知所終。

我才落地，就聞到了一股肉香。我解開了腰帶，鋼帶縮回上去，直升機慢慢飛高，我看到它飛向東面的一個山頭，那是最**矮**的一個山頭，山頂也相當平坦，或許能讓直升機降落。

我先用兩三種苗語**大聲**問：「有人嗎？我絕無惡意，我是來找人的，請出來和我相見。」

接着我又用漢語喊叫：「良辰美景，是你們嗎？」

我叫的聲音十分大，回響不絕，附近的樹林像是忽然竄出了許多幽靈一樣，群鳥亂飛，拍翅的聲響再加上怪叫聲，為蠻荒的黑夜添加了好幾分恐怖的氣氛。

等到四周又回復寂靜，通信器突然發出聲響，傳來了藍絲的聲音：「我已降落在山頭，你可以看到我，山頭很平坦。」

我抬頭看去，看到那山頭上有燈光閃動，那是藍絲給我的信號。

我向她報告情況：「我這邊沒見到人，我怕良辰美景出了什麼意外，現在試着到附近找找，你我保持聯繫。」

我一面説，一面走近那火堆，看到那野獸的肉只有一邊烤熟了，另一邊完全是生的，從這塊肉的生熟程度估計，大概有二十分鐘沒有人轉動過它。

但以良辰美景的速度，二十分鐘已經能跑到很遠很

遠去了，我該往哪裏去找她們？

藍絲通過通信器説出她的意見：「如果良辰美景是遇到了什麼危急狀況而逃跑的話，很可能會躲到 **山洞** 去，你不妨往南邊那些山洞找一找。」

藍絲是苗人，對這種環境的觸覺比我 *敏鋭* 得多，我按照她的建議，拿着電筒，沿着山溪往南邊走去。

在電筒的光芒下，可看到許多飛蟲在飛來飛去，一時之間也無法去提防牠們是否有 **毒**。

我距離南面的山壁，約有兩百米，為了節省 *腳程*，我踏着大大小小的怪石，越過了那道銀光閃閃的小溪。

過了溪之後，離峭壁已不過幾米，我立刻發現那峭壁上有不少山洞，而其中一個離地約五米的山洞口，有一扇以 **藤** 編織的門遮掩着。

　　我認為苗人就算棲身山洞，也不會這樣編上一扇門的；不過，也一定不是良辰美景，因為她們不可能這麼快就編好了一扇門。這裏看來是有人長久居住的地方。

　　藍絲一定是在山頭上用望遠鏡**觀察** 👁 我，所以又傳來了她的聲音：「有什麼問題？」

　　我把情況告訴了她，並且一邊走向峭壁，一邊説：「這山洞裏一定住着人，雖然不會是良辰美景，但我去**打** 👂 **聽**一下也是好的，對方或許見過良辰美景，説不定良辰美景就是給他救了，正**收留**在洞裏呢。」

　　藍絲同意：「對，問一問就走，準沒錯。」

　　説話之間，我已來到了峭壁前，看到有簡單的**石級**，可以接近那個山洞。我踏着石塊，來到了門前，看到用來編門的那種野藤上，全是鋼針一樣的尖刺，很可能含有劇毒，是防止野獸侵入的好**防禦**。

我朗聲道：「朋友你好，有緣千里來相會，可見個面嗎？」

我用漢語和幾種苗語連說了許多遍，都沒有回應。可是洞中有一陣 悉 索 的聲音傳出來，不一會，門在洞內被頂了一下，有什麼東西探出頭來。

我一下子沒看清楚，以為是一個**矮個子**探出頭來，可是那東西突然長高，我定睛看清了之後，

大吃一驚，不由自主向後退了一步，差點踏空跌了下去，幸好我反應快，及時將身子前傾，保持了平衡，雙腳重新踏穩。

但亦因為我將身子向前傾，使我更加靠近那從山洞裏鑽出來的東西，不禁心頭狂跳。

因為那東西並不是什麼矮個子的人，而是一條**巨大無比的蟒蛇**！

第四十四章

罪孽深重

那巨蟒頭大如斗，兩隻幽光閃閃的眼睛，真的有**湯碗** 🥣 那麼大，蛇信吞吐，足有半米長，發出可怕的「嘶嘶」聲。

牠的頭直徑也足有三十公分，可知牠身子最粗的部分，一定比**水桶** 🛢 還粗。

牠才出來時，頭離地較近，一出門來，就昂起了頭，所以我以為牠突然之間長高了不少。

這時，巨蟒吞吐着的**舌尖**，離我的臉還不到半米，一股奇腥撲鼻而至。

　　我知道這種巨蟒力大無窮，是蠻荒罕見的生物，曾經有整輛裝甲車被巨蟒吞噬的記錄。

　　我衛斯理再神通廣大，也無力**抵擋**如此龐大恐怖的怪物，唯一的對付方法，就是趁牠還沒有進攻之前，三十六着，走為上着。

　　我已經蓄定了勢子，準備一個倒翻，凌空翻下峭壁逃跑。可是就在此際，通信器忽然傳來藍絲哈哈大笑的聲音：「哈哈，衛叔叔，不用怕，這種大蛇，我們叫牠『**好人蛇**』──」

　　我着急道：「你用望遠鏡看清楚，這不是什麼大蛇，是一條巨蟒，牠的**血盆大口**張開來，你小藍絲再加上溫寶裕都不夠牠一口吞。」

　　藍絲繼續咯咯笑：「牠樣子可怕，可是十分**馴良**，苗人養來看孩子的，牠會用頭來拱你，把你趕走。你只要

攬住牠的脖子，再伸手拍打牠的**頭頂**，牠就會乖乖伏下來，不會傷人。」

就在我對藍絲的話**半信半疑**之際，那巨蟒的頭果然拱了過來。

我沉住氣，吞了一下口水，按照藍絲所講的方法，迎了上去，左臂摟住巨蟒的頸，右手拍打牠的頭頂，心中在想，若是牠突然把我**捲**起來，那藍絲就算再精通降頭術，也救不了我。

我才拍了三五下，那巨蟒的頭向下一**沉**，竟然擱到了我的肩頭之上，一動也不動。

那如斗一般大的頭壓得我不由自主地喘氣，我正想把牠推開之際，遮住山洞的門忽然揚了起來，一個人以奇快無比的身法直**竄**而出。

由於山洞外沒有多少空地，那人竄出來的勢子又急，一下子就竄出了半空，凌空連翻了三四個**筋斗**，輕巧着地，然後向溪水那邊掠去，展示出非常上乘的輕功。

我沒辦法看清那人的容貌，一來由於蟒頭壓肩，轉動

不靈；二來那人一頭黑髮，翻騰之間 **長髮飛舞**，把他的臉全都遮住了。

　　我只能分辨出對方是一個男人，因為他身上只是半披着獸皮，露出極其強壯的肢體。

　　我不但看不清他，攔截不住他，也無法追得上他，因為我被 **巨蟒壓肩**，錯失了時機，那人轉眼就已經竄出了老遠，沒辦法追得上了。

　　我一面拍打着蟒頭，一面將身子微傾，巨蟒就 **歪頭** 自我肩上落下，伏在洞口一動也不動，果然是「好人蛇」。

　　我推開了巨蟒，用電筒照向山洞，藍絲提醒我：「衛叔叔，山洞中可能有些古怪的生物，你要小心才好。」

　　這警告令我提高了 **警惕**，我先用電筒撥開了滿是尖刺的門，閃身走了進去，發現山洞並不大，一進去就一

覽無遺，首先看到的，是山洞的正中，有一塊方方整整的**大石**。

在這石台上，有一段和人差不多高的木樁，那木樁被粗糙地雕成了人的形狀，而且套上了一件破爛不堪的衣服，從僅存的形狀來看，應該是一件**女裝**的長衫。

而在那「人像」之前，有一個像是用石頭鑿成的，類似**香爐**的物體，裏面有許多灰，灰上插着一種又細又直的樹枝，好像是插了香一樣。

這顯然是一個**祭壇**。但不是原始人或野人的祭壇，而是一個文明人在物質缺乏的環境下自製的祭台。

電筒光芒掃向山洞其餘角落，在左邊角落，一塊平坦的大石塊上，鋪着不少**獸皮**，那自然是牀鋪。我走過去，發現石牀旁邊的洞壁刻滿了許許多多歪歪斜斜的字，

最多的是「罪」，其次是「悔」字，還有四個最大的字是「**罪孽深重**」，也有一些辨認不清，甚至根本就不是字，只是一道又一道深深的刻痕。在不少刻痕上，有着**褐紅色**的斑點，像是凝固了的血迹，使我眼前不禁浮起了這樣的情景：一個披頭散髮的人，為了自己曾犯下的罪而陷入無窮無盡的**懺悔**之中，用手指在堅硬的石上抓着，抓出一道道深痕，留下了難以磨滅的血迹。

我深深地吸了一口氣，心想這人不知道在這裏已有多久了？他當年犯下的是什麼罪，竟令他愧疚自責至此？

我翻動了一下**獸皮**，看看有沒有可以說明那人身分的物件，可是半點也找不到。

對於驚擾了這樣的一個人，我心中很是不安，不論這個人曾犯過什麼罪，如今有悔過之心，又甘願做出這種自我譴責、**贖罪**的行為，都足以補償了。

　　我拿出筆，在洞壁上留下了一行大字：「朋友，我叫衛斯理，你若有什麼需要幫助，可以到 **藍家峒** 找我，很抱歉曾驚擾你。」

　　留下了字之後，我走出了山洞，藍絲立即問：「山洞裏有什麼？」

　　她可能早已在問了，只不過剛才我在山洞之中，信號接收不良，我答道：「**一言難盡**，見面再說。」

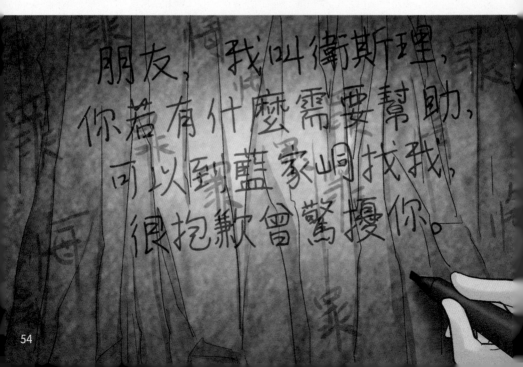

藍絲開直升機來，把我接了上去，我將洞中所見告訴她，她嘆了一聲：「這人自知犯了罪，竟用這樣的方法 **懲罰** 自己，可知他本質並不壞。」

我點頭認同，然後彼此都沒有再說什麼，我們仍然照着原來的計劃飛行，繼續用紅外線望遠鏡搜尋良辰美景，或是她們那架直升機的 **蹤影**。

由於不斷兜圈子搜索，所以一直到天亮，還未曾到達藍家峒。

在苗疆的上空看 **日出**，真是蔚為奇觀。朝霞漫天，映着一個個山頭，各有不同的色彩；山峰之間，彩霞繚繞，像是無數色彩絢麗的絲帶隨風飄蕩，景致迷人。

在山壑中，有一大團一大團的 **彩色雲團**，藍絲說那就是苗疆著名的瘴氣。在早晨產生的瘴氣毒性特別重，不論人獸，遇上就無救了。

　　我不禁擔心起良辰美景來，就算她們的直升機沒有出意外，但若是兩人貪玩亂跑，誤闖入毒性極強的**瘴氣**之中，也是九死一生。當然，白素也令人擔心，只有熟悉蠻荒環境的紅綾能叫人稍為放心。

　　我在這樣想着的時候，藍絲忽然大叫：「看！」

　　我循她所指看去，只見前面是一座 屏風 似的峭壁，表面一片青綠，也不知生長的是什麼植物。而在青綠之中，卻有兩個 **紅色物體** 自上而下迅速移動，似是在峭壁上攀緣而下。

　　我用望遠鏡一看，立時失聲叫了出來：「**良辰美景**！是她們！」

第四十五章

相見不歡

藍絲控制着直升機，靠近那峭壁，由衷地讚歎：「身手真好，簡直不是人。」

我驚駭道：「她們想幹什麼？她們的直升機呢？」

「她們想到 **山腳** 下去。」藍絲説。

這時，距離拉近，已經可以看到人影了。她們兩人利用了在峭壁上生長的樹藤向下落，動作一致，手一鬆，身子就直落下去，速度過快的時候，她們就伸手抓住 **樹藤**，略停上一停，然後又鬆開手，繼續落下。

她們每次下墮，總可以落下三四十米，速度極高。等

到直升機離她們更近時，我打開機艙的窗子，探出頭去，**大叫大嚷**。

她們大概聽不見我的叫聲，但是直升機一靠近，兩人就注意到了，在一根樹枝上停了下來，樹枝上下**搖擺**着也不害怕，還向我揮着手，指了指峭壁的上方。

我也做手勢，示意她們抓緊樹幹等我。但她們卻指着下面，大搖其手，表示她們要下去。

我向下望去，那是一個**山谷**，全是大樹，看來是一個原始森林。我望向藍絲，她立時説：「你又要縋下去？可是這種原始森林你們並不熟悉，貿然進去，跟**羊入虎群**沒有分別。」

「那有什麼辦法。」我苦笑道：「她們向上指，可能表示直升機就停在峭壁上面，你放下我之後，可以飛上去等我。」

　　藍絲嘆了一聲，便慢慢降低高度，當直升機降得比良辰美景還低時，她們立即繼續落下去，而且速度更快。

　　直升機來到了離森林只有十多米，機翼引起的**強風**令樹木頂部的枝葉起伏如浪，我馬上由機腹縋了下去，落到了樹頂，一切順利後，藍絲就駕機直上。

　　我望向峭壁上的良辰美景，她們也快落到森林的頂上了。我這時在樹頂之上，下面是極茂密的枝葉，擋住了**視線**👁，根本看不到底下的情形。

　　不一會，就聽到了良辰美景兩人的叫聲，一雙**紅影**在樹頂上如箭一樣射過來，轉眼間就站定在我的面前。

　　這時，已有一片陽光照進山谷來，正好射在兩人身上，充滿**朝氣**。

　　我第一句就問：「你們的直升機呢？」

　　兩人一起伸手向上指，我抬頭看去，連藍絲的直升機也看不見了，但是通信器中，恰好傳來了藍絲的聲音：「上面好大的一片**平地**，我看到她們的直升機了。」

　　我向藍絲應了一句，然後再問兩人：「你們好大的膽子，為什麼用這樣的方式下山？」

　　兩人睜大了眼望着我，「還有什麼更快更好的方法下山？」

　　我**悶哼**了一聲，「下來幹什麼？」

　　她們向下看去，氣呼呼地説：「紅綾見到了我們的直升機，分明知道是來找她的，可是她故意和我們**捉迷藏**，躲來躲去，真小器。」

　　我明明叫她們駕駛直升機去機場接我，怎麼會變成去找紅綾呢？而且她們説紅綾小器，我聽得出當中大有文章，便説：「快告訴我詳細的經過。」

良辰美景皺眉道：「先下去再說，我們又不是猴子，在樹上幹什麼？」

我吸了一口氣：「我們不知道下面的情形怎樣，有可能是泥沼，也有可能有好幾尺深的腐葉，全是**毒蚊**——喂！等等！」

我的話還沒說完，良辰美景已經隨意落下，我卻小心翼翼地下去，飽受她們嘲笑的眼神。

我馬上催促她們說出經過。

她們想了一想，索性從頭說起，可見整件事的來龍去脈頗為 **複雜**，環環相扣。

白素請良辰美景到苗疆去，是希望兩人和紅綾作伴，同時憑她們極佳的輕功，幫忙「**看守**」着紅綾。

雙方都抵達機場時，紅綾果然帶着兩頭銀猿，自直升機上跳下來，一下子就撲到了良辰美景的面前。紅綾瞪大了圓滾滾的眼睛，盯着良辰美景看，毫不掩飾地繞着她們轉，現出極好奇的神情，不住說：「**一模一樣！**真是一模一樣！喂，聽說你們兩人，跑得很快？」

「還可以。」良辰美景也對紅綾感到非常好奇，一面回答，一面打量着紅綾與她身邊的兩頭銀猿。

那兩頭銀猿是那群靈猴之中最**老**的，不知有多老，可能已超過一百歲，但看起來還是很逗人喜愛，所以良辰美景忍不住伸手想去摸銀猿的頭。

她們兩人出手何等之快，可是手還沒有碰到銀猿的頭，銀猿已身子一*閃*，使她們摸了個空。

「你不讓我摸，偏要摸。」良辰美景不服氣，在一下摸空之後，迅速又使出「**回馬槍**」摸去。

可是銀猿又及時掠開，她們還是碰不到銀猿半根*毫毛*。

良辰美景一聲長嘯，兩條紅影已疾撲而出，那兩頭銀猿也長嘯連連，紅綾更在一旁吶喊助威，一時之間吸引了

許多人觀看良辰美景與銀猿在機場跑道上<u>追逐</u>比賽。

紅綾高興得一面蹦跳，一面拍手，並**拍打**着自己的身體。白素連忙阻止並糾正她：「人在高興的時候，只拍手，不拍打自己的身體。」

　　紅綾正看得入神，因為人和猿的追逐實在太精彩了，她**興奮**地說：「這兩個女孩跑得比我快，幾乎和靈猴一樣快了！」

　　這時，追逐的情形起了小小的變化，人、猿雙方的速度依然不相伯仲，但良辰美景始終難碰兩頭銀猿分毫。只見良辰美景突然奮力躍起，飛撲過去。這樣的**伎倆**根本威脅不了兩頭銀猿，牠們能輕而易舉地閃身避開，可是沒料到，良辰美景才一躍起，兩人的腳卻撞在一起，就像不小心互相**絆倒**一樣，立時從半空之中摔下來。

　　所有看到的人，無不駭然，紅綾也「啊」地一聲叫了出來，身子掠向前，想去救良辰美景，但雙方相隔甚遠，哪裏趕得及？

　　就在千鈞一髮間，兩頭銀猿**然停**了身子，及時回身向後撲去，伸出猿臂，各把良辰美景接住。

　　良辰美景卻趁機伸手拍着銀猿的頭頂笑道：「真了不起，不愧叫做靈猴。」

　　聽到這裏，我便心知不妙，良辰美景的行為已**觸怒**靈猴了！

第四十六章

身體會生火的神仙

　　良辰美景看到我 **責備** 的眼神，也知道自己做錯了，撅着嘴，一臉委屈，「我們只不過想摸一摸牠們的頭，牠們竟然不讓摸，要是我們始終摸不到，那多丟人。」

　　「牠們有權不喜歡給人摸頭。」我説。

　　兩人叫了起來：「猴子就是給人逗着玩的。」

　　「第一，那只是人類的 **觀 點**。第二，牠們不是普通的猴子。」我突然感覺到自己好像白素在教導紅綾那樣。

　　她們繼續 **抿着嘴**，我又問：「你們怎麼知道銀猿會接住你們？」

　　兩人聳了聳肩說：「我們當時只是想做些出其不意的動作，去引牠們注意，使牠們放慢，甚至停下來。沒料到牠們倒也 **善良**，回身接住了我們。」

　　「牠們好心救你們，你們卻趁機去拍打牠們的頭頂。唉。」我大力搖頭嘆息。

良辰美景**尷尬**地吐了一下舌頭，繼續憶述當時的情形。

銀猿本身不知道自己被騙，可是智力已大開的紅綾卻清楚看出來了，銀猿好心救人，卻反被人佔了便宜，紅綾忍不住發出了一下憤怒的**吼叫**/**聲**。

紅綾由這兩頭銀猿帶大，紅綾這樣一叫，兩頭銀猿就

立時會意自己受騙了，迅速伸出**爪子**，也向良辰美景的頭上疾抓過去。

兩人被銀猿抱着，又正洋洋得意，本來難以避開，幸得白素及時叫了一聲，使良辰美景有所警覺，用力一掙，倒翻了出去。但銀猿的動作**疾如電光**，在她們翻出之際，還是把她們頭上鮮紅色的髮箍抓了下來。

這一來，良辰美景雖然全身而退，但也狼狽得可以。紅綾**氣沖沖**地走過來，摟住了銀猿，眼神在指責着良辰美景的不是。

白素十分為難，她本來預料，良辰美景和紅綾會相見甚歡，誰知道一陣追逐之後，竟然形成了**相見不歡**的局面。

良辰美景失去了髮箍，雖然心中不快，但也頗善解人意，看出了白素的**為難**，就低聲道：「白姐姐請放心。」

　　兩人滿面笑容，收拾了心中的不快，向紅綾和銀猿走了過去，伸出手道：「出手真快，這次算我們輸了，請把**髮箍**還給我們吧。」

　　良辰美景的行為十分得體，我心裏不禁讚了一聲「好」，可是事情並沒有向好的方面發展。

　　銀猿雖然明白兩人的意思，卻沒有立即歸還髮箍，先向紅綾望去。而紅綾也沒有出聲，只是昂頭略**翻了翻眼**──這必然是她和銀猿之間自小就用來溝通的身

體語言，銀猿一看到紅綾的指示，咧嘴現出一口**白森森**的牙齒來，把髮箍送進口裏，「卡卡」幾聲咬成了三四截，然後向她們兩人吐了過去。

幸好兩人身手敏捷，各自後退避開了。

紅綾竟縱聲大笑起來，兩頭猿猴也跟着笑，還拍手拍腳，拍打着身體。

良辰美景説到這裏，定睛望向我：「我們雖有不是，但這樣做也**太過分**了吧？」

我點頭道：「是，她太過分了。白素當時怎麼處理？」

良辰美景說：「她**斥責**紅綾，要紅綾把斷箍拾起來還給我們。」

但紅綾十分堅決，大聲道：「不。」

白素也很堅持：「你一定要，良辰美景是**朋友**，你要學會如何對待朋友。」

紅綾倒知道「朋友」的意思，回應道：「不，她們不是朋友，她們拍打靈猴的頭，靈猴的頭，我都不能**碰**，只有身上會……生火的人才能碰，她們的身上會生火嗎？」

紅綾說着，現出一副不屑的神色，**斜睨**着良辰美景。

這一番話，別說良辰美景聽不明白，就連和紅綾相處了大半年的白素，也是莫名其妙。

　　良辰美景雖然心中生氣，也忍不住好奇地問：「什麼叫身上會生火的人？」

　　「身上有火，身上有火，就像是火堆，有火冒出來。」紅綾對於詞彙的運用還不是十分流利，不斷指手劃腳去說明。

　　良辰美景依然不明所以，向白素望去，白素的眉心打着結，並不說話。

良辰美景敘述到這裏時，突然**指**着我的眉心説：「就像你現在一樣。」

那時我聽她們轉述紅綾的話，心中突然想起了一件事來，所以眉心打着結。我相信白素也想起了同樣的事情，所以和我有着**相同**的神情。

「你想到了什麼？」良辰美景問。

我**遲疑**着，不敢肯定，過了一會，我提高了聲音，對通信器説：「藍絲，你看全身會像火堆一樣着火的人⋯⋯會是什麼？」

我和良辰美景在密林中交談，一直打開着通信器，我們的交談，藍絲全可以聽得到。她很快就回答道：「據我所知⋯⋯傈傈人以前有他們**崇拜**的對象，稱作『烈火女』，每三年交替換人。在新舊交替的儀式中，新舊烈火女，都會全身着火。聽説，舊的還會被燒死。」

我長長地吸了一口氣，因為我那時想到的，也是俁俁人所崇拜的「烈火女」。

在《探險》和《繼續探險》的故事中，我們曾接觸到「烈火女」這種充滿神秘色彩的習俗，可是已無法作進一步探索，因為這習俗早已取消了。我們初時還以為白素兄妹的母親可能是烈火女，後來才知道不是，所以也就沒有再深究「烈火女」的事了。

然而，白老大和白素的媽媽——陳大小姐曾在烈火女所住的山洞中居住，而且由於陰差陽錯，那天在一艘扁圓形的宇宙飛船出現之後，陳大小姐就離開了那個山洞，直到許多年後才又出現，我和白素的女兒被她帶到了苗疆荒野生活，成為了女野人紅綾。

後來，我和白素有機會到了那極險要的山峰之頂，知道陳大小姐曾在那裏住過，可是她為何又留下紅綾而離

去，去了哪裏，依然是一個 ?謎?。

　　我和白素曾討論過，苗疆之中有的是山洞，當年白老大和陳大小姐要住哪一個都可以，而且也不必住山洞，大可以蓋房子住，為什麼偏偏要住在烈火女**專屬**的山洞呢？是不是他們想探求烈火女的秘密？

　　許多疑問都未有答案，這時紅綾突然提起了「會生火的人」，我相信白素跟我和藍絲一樣，都 **聯想** 到烈火女來。

第四十七章

猴頭上的腦科手術

良辰美景繼續敘述當時的情形，當時她們心裏想：「哪有人身上會生火的？就算有，也被自己身上的火燒死了。」

她們嘴角含笑，正想說出這番見解時，紅綾已一**睜眼**：「你們敢笑神仙？身上會生火的，全是神仙——」

為了證明自己說的話有理，紅綾又補充了一句：「我本來也不知道什麼叫神仙，是十二天官告訴我的。靈猴是

神仙養的，所以只有 神仙 才能碰牠們的頭。」

　　原來良辰美景的行為不但得罪了靈猴，還冒犯了神仙，所以紅綾才生氣。

　　白素聽了紅綾的話，心中滿是 **疑問**。她也首先想到了烈火女，而烈火女和她父母在苗疆的生活大有關連。她有許多問題要問，可是那樣的環境並不適宜詳談，所以她只說：「良辰美景遠來是客，怎知那麼多，來，大家一起上機吧。」

　　紅綾 *斜睨* 着良辰美景，神情憤恨，顯然是不願意上機。良辰美景看出情形相當尷尬，抿着嘴不出聲。

白素又說了一遍，良辰美景向直升機走過去，可是紅綾仍然和兩頭銀猿摟作一團，一點也沒有上機的意思。良辰美景一回頭，看到了白素的臉色，心中不禁大吃一驚。

只見白素**面色鐵青**，怒容滿臉，良辰美景從來也未見過白素現出這樣的神情。

她們知道自己惹下的亂子不小，於是身形一閃就來到了紅綾的面前，向兩頭銀猿**拱手**道歉：「對不起了，剛才摸了你們的頭，不知道你們的頭是摸不得的。什麼時候，等我們練成了全身會**生火**的本領，再來摸你們吧。」

這樣一説，紅綾才算是咧着闊嘴，笑了一下。白素看出情形已有緩和的迹象，就強忍着心頭的怒意，又*催促*各人上機。

一行人等擠上了直升機，機艙空間狹小，十分擁擠。紅綾雖然野，總還可以忍住不動。但那兩頭銀猿如何能靜得下來？牠們在機艙*狹小*的空間之中爬來爬去。

良辰美景憋了一肚子氣，終究童心未泯，兩人不約而同一起*打量*着銀猿的頭頂，心想：「老猿猴的頭頂，手不能摸，用眼睛看總可以吧！」

她們的視線盯着銀猿的天靈蓋，銀猿爬到哪裏，就跟到哪裏。白素正在專心駕駛，自然防不到她們會有那樣

淘氣的舉動，連紅綾也沒有察覺。

那兩頭銀猿沒多久就覺察到了。牠們先是以<ruby>眼<rt>◎</rt></ruby>還<ruby>眼<rt>◎</rt></ruby>，也盯着良辰美景的頭頂看，但不一會，牠們就伸爪捂着了自己的頭頂不讓看。

良辰美景死盯着不放，故意逗牠們玩。牠們急了，伸爪在頭頂上亂抓，現出十分**不耐煩**的神情。

　　銀猿全身是毛，頭頂上的毛銀光閃閃，很是好看。牠們伸手一抓，良辰美景留意到牠們頭頂上的銀毛相當 *稀疏*，披拂之間，可以看到牠們的頭皮。接着，兩人看到了銀猿的頭頂上，有一圈完全沒有毛，是一圈很整齊的 **縫合疤痕**，像是曾經進行過大型腦科手術一樣！

　　一發覺了這一點，兩人心中疑惑不已。若不是在機場中得過教訓，兩人一定非把銀猿捉過來，仔細研究一番不可。

　　兩人沒有出聲，卻更加盯着銀猿不放，愈看愈覺得那兩頭銀猿的天靈蓋，顯然曾被揭開過，再縫合起來，不然不會有這樣的**疤痕**。

　　兩頭銀猿躲不過良辰美景的目光，索性躲到了紅綾的身後。紅綾這時才知道發生什麼事，立即又向良辰美景**怒目而視**。

雙方總算沒有在機艙內再發生衝突，不然，在狹小的空間裏，不知會造成什麼樣的後果。

良辰美景敘述到這裏，也只不過説了她們從機場到藍家峒途中的事，甚至還沒有到達藍家峒。而我相信，到了藍家峒之後，必然還有許多事發生，不然不會導致如今的 局 面 ，那只怕還要花相當長的時間才能説完。

所以我心急地説：「且別説在藍家峒發生的事，先説説你們駕駛直升機，發現了紅綾的事。你們沿峭壁下來，也是為了追紅綾，對不對？」

　　沒想到良辰美景卻神氣地説：「我們根本不必追她，她一定就在附近，只是不知躲在什麼巧妙的地方**偷看**👁我們而已。」

　　聽到她們這樣説，我不期然四面張望了一下。林子之中，隱蔽之處極多，東一簇，西一叢，各種茂密的大樹、巨大的葉子，都可以供紅綾**躲** 藏 起來。

我不禁壓低聲線問：「你們怎麼知道她一定躲在附近？」

良辰美景卻光明正大地說：「因為她一定想知道我們怎麼對你說，看看我們有沒有歪曲事實，**誣衊**了她。」

她們這樣一說，我才如夢初醒，良辰美景和紅綾還年輕，依然保持着孩子氣，確實會做出這種孩子

氣的行為，難怪良辰美景可以**不慌不忙**地向我敘述，完全不急於去追紅綾。

　　良辰美景告訴我，她們發現紅綾時的情形：「那天跟你聯絡上之後，我們**十萬火急**去研究怎樣駕駛直升機，總算成功起飛了，就一直往機場方向飛，飛了沒多久，竟看到了紅綾與一群猴子在一個山頂上**翻筋斗**。」

　　我不禁嘆了一聲，和猴子在山頂上翻筋斗，自然比拿着筆學寫字**有趣**多了。

　　當時良辰美景利用直升機上的望遠鏡看到了紅綾，而紅綾自然也留意到直升機。

我相信，紅綾那時一定以為是白素駕駛直升機來追她，多少有點**忌憚**，所以不再在山頂上停留，立時迅速下山去。

良辰美景發現了紅綾，哪裏肯放過？自然駕駛直升機追去。她們的駕駛技術欠佳，直升機搖擺不定，險象環生。紅綾顯然不知道會有**機毀人亡**的危險，還故意找險要的地方竄去，良辰美景輪流自機艙中探出頭來，向紅綾大叫。

大概紅綾也聽不到她們的叫聲，但是很快就弄清楚，機上只有良辰美景兩個人，並無白素在內，因此她更加無所忌憚，**膽子**也大了。

紅綾於是開始逗着良辰美景，時隱時現，等兩人認為她不會再出現時，卻又不知從什麼地方冒出來，一面跑

跳，一面**做鬼臉**。

好幾次，直升機幾乎撞到懸崖峭壁上，老實說，若不是那直升機性能奇佳，她們早已**粉身碎骨**了。

良辰美景雖然知道我在機場等她們，可是也實在忍不下這口氣，竟追逐了一整夜。

她們那時才省悟，自己在直升機上，看來像是佔了優勢，其實反倒是**劣勢**，根本無法鬥得過在山林間亂竄的紅綾。

所以，當她們看到紅綾站在山頂的一幅平地上，又一次向她們**挑釁**時，她們決定在山頂降落。

紅綾見狀立刻沿**陡直**的峭壁而下。良辰美景一停了直升機，也沿峭壁追下去——那就是我和藍絲發現她們時的情景。

　　良辰美景說完了這段經過，我也相信紅綾就躲在附近

偷🦻**聽**着，我們話不說完，她是不會走的，所以我大可

以放心，讓良辰美景繼續說出餘下的事。

　　「那麼，說說你們到了藍家峒之後的情形。」

第四十八章

外星人的謎團？

良辰美景到了藍家峒，自然大受歡迎，全峒上下對她們那種一模一樣的身形、閃電一樣的動作，都又是好奇，又覺得有趣。

良辰美景大受歡迎，紅綾卻沒有什麼特別反應，只是和許多猿猴自顧自地玩耍，自得其樂。

白素總是與紅綾保持着適當的距離，讓紅綾留在她的視線範圍之內。

良辰美景向白素説，她們看到銀猿的頭部，如同動過腦科大手術般，整個天靈蓋像是曾被 **揭開** 過。

白素聽了之後，大是訝異。腦科手術，尤其是替猿猴進行 **腦科手術**，這不免有點匪夷所思。

那自然不是身在苗疆的人所能做得到的事，白素因此想到了 **外星人**。當年她的父母都曾在苗疆見到過外星人和外星人的宇宙飛船，她深信那些外星人和她母親的關係，不只是偶然見過一次那麼簡單。我們曾到過一個山頂，那裏有巨石堆成的屋子，有紅綾曾在那裏住過的 **證據**，有大群靈猴至今仍然聚居在那裏。

白素甚至認為，她母親最後突然在苗疆消失，連尚在 **幼年** 的紅綾都置之不顧，一定也和外星人有關。

　　那麼，這時她想到了外星人，也就十分自然了。在這種地方，能為銀猿作大型腦科手術的，除了外星人，**還會是誰？**

　　支持白素有外星人想法的，還有紅綾所説「身體會生火的人」，那種人和銀猿的關係十分密切，很可能就是外星人。

　　當晚，藍家峒為了歡迎良辰美景，又適逢**滿月**，

全峒狂歡達旦。

　　紅綾和眾猿猴也夾在人群中，玩得瘋瘋癲癲。白素在午夜之後，看到紅綾在一個火堆旁坐了下來，火光把她臉上的  汗珠映得格外晶瑩。

　　白素走過去，用毛巾替紅綾抹着汗，然後聊了起來，白素問：「你説身體會冒火的人，是冒一會兒，還是冒很久？」

紅綾瞪大了眼，卻答不上來。白素又問：「那人身體冒了火之後，是死了，還是活着？他是 *隨意* 就能生起火來嗎？」

紅綾皺起了眉，十分困惑，「我哪知道那麼多？我又不是神仙。」

白素索性用 **激將法**：「你根本沒見過這樣的人。」

紅綾直跳了起來，大聲道：「我見過！」

「好，在哪裏？什麼時候？」白素追問。

紅綾 **漲紅** 了臉，努力想回答白素這個問題，可是始終答不上來。

白素的激將法變本加厲，冷冷地說：「根本就沒有自己會着火的人！」

良辰美景一直也在附近，聽到了她們母女之間的 **對話**，連忙走過來勸道：「紅綾想不起來了，讓她慢慢想。」

紅綾卻大叫：「**慢慢想也想不起！**」

聽到這裏，我不禁吸了一口氣說：「我相信紅綾確實見過那種人，那種外星人身體會冒火，可是當時她實在太小了，可能只有一歲左右，所以 **記憶模糊**，無法具體形容出來。」

良辰美景不出聲，我追問：「白素一直**迫**她？」

「不，白姐姐轉了話題，要紅綾把那兩隻老猴子叫來。」

當時紅綾**睜大**了眼望着白素，臉上充滿了不信任和懷疑。

看到女兒這種神情，白素有點傷心，嘆了一聲，「你在懷疑什麼？快把兩頭靈猴叫來，我有話要問牠們。」

紅綾揚了揚眉，口唇掀動，想説什麼卻又沒有説出來，她大概想説：「你又不會説牠們的話，能問牠們什麼？」白素也看出她的意思，就伸手向她指了一指，示意由她來**傳話**。

由此可見，她們母女倆還是可以心靈相通的，只是意見有時相左，難以融合。

紅綾這次沒有對抗，站了起來，發出一陣短而急促的**嘯聲**。

白素和良辰美景都沒有出聲，靜靜地等着。過了兩分鐘左右，才聽到有同樣的聲音傳來，緊接着有兩股**銀影**，如箭一樣射來，在紅綾的身邊停住，當然就是那兩頭銀猿到了。

紅綾立時望向白素，白素沉聲道：「我試着直接向牠們說，你替我傳話。」

白素吸了一口氣，提出第一個問題：「我想問，是不是有人替你們的頭做過**手術**？」

只見兩頭銀猿發着呆，猿眼碌碌地轉動，顯然不懂白素的話，白素望向紅綾，紅綾說：「你的話，我也**聽不懂**，什麼叫『做過手術』？」

　　白素「啊」了一聲，知道自己的用語對紅綾來說太深奧了，於是改口道：「我問的是，是不是有人用刀，或是用什麼工具，把牠們的頭**打開**來過。」

　　紅綾這次聽懂了，雙眼睜得極大，反問：「可以這樣的嗎？」

　　「你別管，照傳就是。」

紅綾遲疑了一下，用 **手勢** 和一些聲音，把白素的話傳了過去。

兩頭銀猿發出了一連串的怪聲，連翻了幾個筋斗。

紅綾轉述道：「牠們說沒有，而且覺得這個問題十分 **可笑**。」紅綾對白素問題的反感已顯而易見，良辰美景亦悄悄地拉了拉白素的衣袖。

白素卻不理會，又向銀猿 **招手**：「過來，讓我看看你們的頭頂。」

說這句話的時候，白素也做了手勢，兩頭銀猿居然聽懂了，非但不前來，而且還十分 **警惕** 地緩緩後退。

紅綾也立時提出抗議：「牠們不肯！」

白素讓了半步，「好，紅綾，你去仔細看牠們的頭頂，總可以吧。」

紅綾立時大聲說：「我也不能摸牠們的頭。」

「沒叫你摸，只叫你去**看看** 👁。」

紅綾哼了一聲，招手令銀猿過來，她探頭去看牠們的頭頂。白素問：「看到了沒有？」

只見兩頭銀猿當玩似的，紅綾探頭過來，牠們又探頭過去，紅綾笑着說：「沒看到。」

「給我認真點看！」白素厲聲道：「只有頭皮被割開過，才會留下的那種**疤痕**，你知道麼？」

這時紅綾和兩頭銀猿已經愈玩愈熱烈，在地上扭作一團，咯咯大笑。

白素十分無奈地嘆了一口氣。

第四十九章

紅綾出走

白素望着火堆出了一會神，問紅綾：「牠們是從那個有一間屋子的山頂來的？」

紅綾一面與靈猴玩，一面點頭。白素又問：「問牠們，是不是曾與一個……和我長得很像的女人一起生活過？」她問出這句話時，連**聲音**都變了。

紅綾十分靈敏，看出了這個問題很重要，所以也暫停了戲耍，十分認真地傳話，與銀猿互相**比手勢**，交談了相當久，可是結果很令白素失望，紅綾回答道：「牠們說，牠們曾和人一起生活，可是不知道那人像不像你。因

為牠們認人和我們不一樣，牠們只記住人的 **氣味**，不記住人的模樣。」

紅綾在說到「氣味」的時候，用力掀着鼻子，說到「模樣」時，又在自己的臉上摸着，十分可愛。

白素還想問什麼，紅綾已經搶着說：「牠們也說了，你的氣味，牠們以前 **沒聞到** 過。」

白素吸了一口氣，又問：「那些曾和牠們在一起的人，是不是都會身體冒火？」

這個問題很簡單，答案也十分肯定：「是，都會生火，一共有——」

　　紅綾説到這裏，向銀猿望了一眼，確定後才説：「一共有 **三** 個神仙。」

　　白素閉上眼思考，在苗疆發生的往事之中，宇宙飛船和會飛的人，都是白老大、大滿老九和鐵頭娘子 **親眼目睹** 👁 的，會飛的人一共有兩個，而且還曾救了墮崖的大滿老九和鐵頭娘子。

　　如今銀猿説有「三個」，那多出來的一個，難道就是陳大小姐──白素的母親？

　　白素連忙睜開眼追問：「牠們肯定那三個人的身體都能冒火？」

　　紅綾傳了話過去，銀猿的回答是 **肯定** 的：「三個人的身體都會冒火。」

　　假設三個人，兩個是外星人，一個是陳大小姐，本來很合理，但三個人都會身體冒火，似乎又 **推翻** 了這個

假設。

　　良辰美景説白素當時顯得十分迷惑，我聽到這裏，推斷道：「我也相信兩個是外星人，一個是陳大小姐。外星人可能不但自身會生火，也能令地球人的身體着火。」

　　「那麼那個地球人就會被燒死了。」良辰美景對我的判斷不太信服。

我補充道:「所謂身體會生火,可能只是身上**發光**,或有些看來像火一樣的光芒,使靈猴以為那是火。」

對於這一點,良辰美景頗為同意,然後又問:「那麼**倮倮人**的烈火女呢?」

我也正想到這一點,繼續推斷説:「我相信烈火女跟外星人也有關係,這一類外星人,一直在苗疆活動,烈火女的**現象**,説不定就是他們特意造成的。」

説到這裏,我沒有再説下去,因為外星人為什麼要製造烈火女現象?為什麼要對銀猿施腦科手術?陳大小姐的消失和他們有沒有關係?我都**一無所知**,難作假設。

良辰美景也沒有問,又繼續敍述在藍家峒發生的事。

那時白素盯着兩頭銀猿看,心中似乎起了什麼**念頭**,猶豫了好一會,才誠摯地對紅綾説:「這兩頭銀猿,一定曾被⋯⋯神仙在頭部留下了什麼,那留下的東西

可能對牠們 **有害**，也可能是什麼重要的東西，我要把牠們帶到醫院去，好好檢查一下。」

紅綾雙眼圓睜，「怎樣檢查？」

「先做腦部掃描，那是一種 **醫學** **技術**，可以看到頭顱裏的情況。若果發現有什麼異常狀況，就動手術把牠們的頭部再 **揭開** 來，看個究竟。」

紅綾大力搖頭，「不必了。牠們好好的，沒必要去做那個掃……什麼，更不能把牠們的頭打破！」

良辰美景聽紅綾説得有趣，她們本來就愛笑，忍不住笑着向她講解：「不是把牠們的頭打破，而是用外科手術把 **頭骨**  揭開。」

　　紅綾一聽，大為不滿：「你們喜歡怎麼弄你們自己的頭，只管去弄。」

　　白素這時也 **焦躁** 起來，她感到這兩頭銀猿與她母親的關係重大，相信牠們與外星人及陳大小姐，在那山頂上曾一起生活過。兩頭銀猿頭頂上的手術疤痕，說明了牠們腦袋裏可能藏着什麼 **秘密**。

　　白素不禁皺眉道：「你看良辰美景多有知識，你自己什麼都不懂，卻總是跟媽媽 **對拒**。來，快聽媽媽的話——」

　　她的話還沒有講完，紅綾已大叫了起來。

聽良辰美景説到這裏，我也不禁長嘆一聲。

白素犯了一個 **錯誤**——為人父母，千萬不能當着自己兒女和外人面前，説人家的兒女如何好，自己的兒女如何不是，這是最傷自己兒女自尊心的行為。

白素聰明絕頂，豈會不明白這個道理？只是一時 **情急**，才會脱口而出，她馬上就知道自己説錯了話，想改正過來，可是已經遲了。

紅綾一面叫，一面直跳了起來，身在半空，向後翻了出去。

那兩頭銀猿和紅綾之間的動作 **默契**，不亞於良辰美景，也同時向後翻了出去。

白素立即急叫：「良辰美景！」

她的意思是叫良辰美景藉着 **絕頂輕功** 去把紅綾攔住。

良辰美景反應也算快絕，一躍而起，直撲出去。

可是兩條 *紅影* 甫起，兩道 *銀影* 就對着她們激射過來，是那兩頭銀猿向她們揮出銀光閃閃的利爪。

良辰美景一見這個情形，自然不敢硬拚，立時一個扭身，橫竄了開去。

兩頭銀猿快疾無倫，等到白素趕到良辰美景身邊時，紅綾和兩頭銀猿已經不見了，白素也知道無法再追。

當晚，白素在火堆旁**默然不語**，良辰美景也無話可說。過了好一會，她們才開口：「都是我們不好，明天一早我們就離開吧。」

白素搖頭道：「不能太遷就她，她不能一輩子當*野人*。」

良辰美景不敢説什麼，其時三人都在想，第二天就會沒事了。可是第二天，紅綾和那兩頭銀猿並沒有出現。其他和紅綾玩成一團的猿猴，也*不見***蹤影**。

一整天不見紅綾，白素已急得團團亂轉，當天色黑下來時，她駕駛了直升機出去，不斷在低空**兜圈子**，可是到天亮回來，她一言不發，顯然沒有結果。

只見白素匆匆吃了點東西，就去找十二天官。良辰美景跟在她的身後，發現白素和十二天官説的是「**布努**」苗語，良辰美景能説德、法、英語，可就是不通苗語，所以聽不懂他們在説什麼，只知他們討論的問題相當嚴重，因為每個人的神色都愈來愈緊張。

良辰美景以為白素和十二天官商量完了，一定會把談話內容告訴她們。可是大出她們的意料之外，白素沒有

説，她們忍不住問，白素竟然只説了一句：「**沒有什麼。**」

良辰美景很**傷心**，以為白素因為紅綾的出走，而怪罪於她們。

第五十章

白素發現了「神仙」

良辰美景以為白素多少把紅綾出走的責任歸咎於她們，兩人因此生了一上午悶氣，到了中午時分，才又見到白素和十二天官發生了激烈的爭吵。

十二天官一面吵着，一面指着停在草地上的直升機，白素卻一個勁兒搖頭。

良辰美景趕了過去，白素見到她們，隨即對她們説：「我去找人，你們在這裏等我。」

良辰美景這才猜測到，雙方的**爭執**是十二天官主張白素利用直升機，但白素卻拒絕。

聽到這裏，我禁不住詫異地問：「她**徒步**去了？」

良辰美景咬着下唇點頭，「看來十二天官拗不過她，其中一人把一柄很鋒利的**苗刀**給了白姐姐，她收了，可知她去獨闖的地方會有危險。」

我也想到了這一點，心中更是着急，突然靈光一閃道：「白素可能和你們一樣，見到紅綾了，卻發現駕駛直

升機更難**追截**她，所以就先回藍家峒，放下直升機，然後再徒步去追截紅綾。」

但良辰美景有點疑惑，「為什麼白姐姐不像我們那樣，把直升機停在途中再徒步追，卻要把直升機送回藍家峒來？」

「可能紅綾出現之處，附近沒有適合直升機降落的地方。而且──」還有一個原因，是我最不願意去想的，就是：「她可能也知道路途相當**危險**，所以先把直升機送回去，萬一她出了什麼意外，藍家峒的人也有直升機可用，用來通信和**搜救**。」

良辰美景皺着眉，總覺得哪裏不對勁，説：「但這樣也不至於令白姐姐與十二天官激烈**爭吵**，又不把詳細情況告訴我們。」

她們説得有道理，我也覺得不對勁，突然想到説：「問一個人就知道了。紅綾，**快出來吧！**」

良辰美景説紅綾一定就藏身在附近偷聽我們説話，我也相信她們的判斷，所以乾脆叫紅綾出來，如果她還關心自己的母親，一定會出來向我們説個明白的。

我一喝之後，極近處隨即傳來了「**哈哈**」一下笑聲，這笑聲聽來再熟悉沒有，我循聲看去，不禁又好氣又好笑。

紅綾躲着的地方，離我和良辰美景不足五米。但她利用許多藤蔓來掩護自己，從頭到腳包了起來，斜斜地靠在大樹的主幹上，使我也**老貓燒鬚**，完全察覺不出來。

紅綾扯脱身上的藤蔓，一下子跳到了我的身前，伸手勾住了我的頸，表示親熱。

我在她的背部**拍打**了兩下：「剛才我們說的話，你全聽到了？」

紅綾點着頭，我接着又問：「你出走之後，是不是見到媽媽駕駛直升機來追你？」

這次紅綾卻是**搖頭**，她指着良辰美景說：「我沒見到媽媽，我一見到直升機，就是她們。」

我和良辰美景都很訝異，這表示白素第一次駕駛直升機去搜索時，並沒有發現紅綾。那麼我剛才的假設就**不成立**了，而我隱隱覺得，白素第二次徒步而行，並不是去尋找紅綾，是另有目的。

這時候，紅綾卻突然向我**告狀**：「若是有人要摸你的頭，你也一樣會生氣。」

她念念不忘的，還是良辰美景摸了銀猿的頭。這又使我心中一動，這**規矩**到底是誰立下的？何以紅綾會知道

這個規矩？不可能是銀猿為自己定下的吧？

　　紅綾對我說了之後，又向良辰美景望去，良辰美景反應極快，立刻向她作了一個**鬼臉**。

　　紅綾先是一怔，馬上也回敬了一個鬼臉。

　　良辰美景再做，紅綾也不甘後人，於是雙方鬼臉來鬼臉去，到後來，單靠面部表情已經不足

夠，於是又出動雙手雙腳，弄得**怪模怪樣**。

　　這時，通信器傳來了藍絲的聲音：「發生了什麼事？怎麼忽然沒有聲音了？」

　　我笑道：「這裏爆發了一場**扮鬼臉大戰**。」

　　聽我這麼說，大家都忍不住哈哈大笑了一陣，良辰美景與紅綾更是笑成了一堆。

　　藍絲的笑聲也傳了下來：「我要是也能參加，那有多好。」

　　她們四個畢竟都是**女生**，我不禁嘆了一聲，「好了，我們快商量正事。」

　　我把我最新的推斷說了出來——白素可能不是去找紅綾，而是另有目的。

　　然後我望向紅綾，「你媽媽只帶了一柄苗刀，闖進她**不熟悉**的環境之中，隨時會有危險。」

紅綾低下了頭，有點疑惑：「你剛才説了，她不是去找我。」

我點了點頭，「嗯，我認為她第一次駕駛直升機出去，自然是為了找你。而那次飛行中，她一定是**發現**了些什麼，所以才會再次徒步出發。但你説沒見到她，你一見到直升機，就已經是良辰美景所駕駛的了。所以我推斷，她第一次搜索時發現到的，不是你，因此第二次**徒步**去追尋的，也不是你。」

「她發現了什麼呢？」良辰美景問。

我搖搖頭，「不知道。我們在這裏討論也沒有用，她曾和十二天官討論並**爭吵**過，在十二天官那裏，一定可以問出名目來。」

藍絲的聲音傳來：「對，我正想那麼説。」

良辰美景也叫道：「那就回**藍家峒**去吧。」

我這時才留意到靈猴不在，好奇地問紅綾：「你那兩個靈猴朋友呢？」

紅綾翻着眼説：「牠們不會喜歡被人把頭打開來，我讓牠們回去了。」

「那個山頂？」

紅綾點了點頭，我沒有再問什麼，只是向上指了一指，良辰美景的輕功雖然好，但是紅綾的 **爬樹**本領，是自小跟靈猴學的，所以三個人一起到了樹頂，我反倒落後了一步。

藍絲很 **機靈**，把借來的直升機留在山頂，改為駕駛良辰美景的直升機，正如我説過，這架直升機是我一位外星朋友留下的，設備和性能都先進得多。藍絲駕着它下來，縋下了吊索，把我們都吊了上去，然後直飛藍家峒。

途中我問紅綾：「靈猴的頭，除了身體會生火的神仙之外，誰也不能摸，這規矩是誰傳下來的？」

紅綾**茫然**，「不知道，怕是……神仙傳下來的吧？」

我又追問：「神仙是什麼時候告訴你的？」

紅綾的神情更茫然，嘆了一聲：「我不知道，你們問我的那些，我都不知道。」

我也嘆了一聲，十分**體諒**，「那全是你很小時候發生的事，只留下模糊的印象，具體情形你卻想不起來了。」

直升機在藍家峒下降，十二天官很快就圍了上來，我第一句就問：「白素回來了沒？」

只見十二天官愁容滿面地**搖頭**。我立即直接問：「她到哪裏去了？」

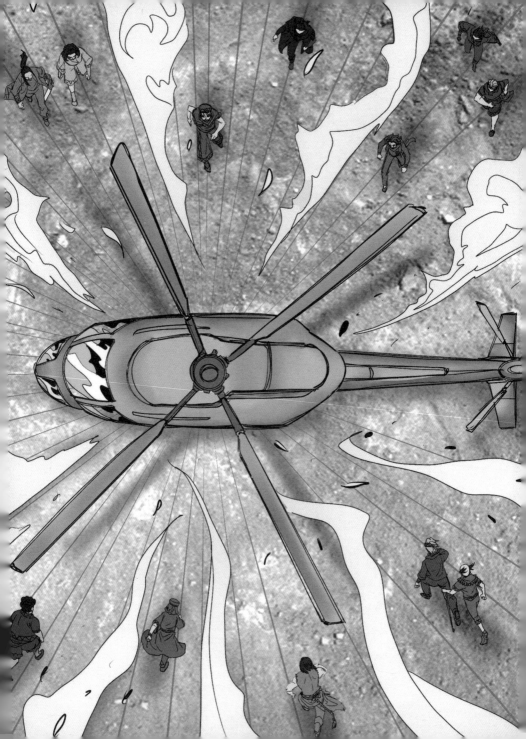

這時，紅綾、良辰美景和藍絲全都下了機，十二天官見到了紅綾，很是高興，並沒有責備她，使我更肯定，白素此行並不是去找紅綾的。

十二天官說：「她上次駕駛直升機去找紅綾，說發現了身體會**冒火**的人，要去找他們。」

這句話令我們大感意外，紅綾也吃一驚地說了一句：「神仙？」

十二天官的神情更是凝重，「身上會冒火的，自然是神仙。我們苗人，從祖宗傳下來，都是那麼說的。神仙不能**接近**。倮倮人更說，神仙不單自己的身子會冒火，還能叫人的身體也噴火，他們的烈火女就是那麼來的。倮倮人不信有神仙，所以神仙才在他們之中，立一個烈火女，叫他們**相信**。」

十二天官十二個人，說話你一言，我一語，但幸而他們自小在一起，又有 **生死相共** 的信念，所以雖然亂了一些，倒也能聽得明白。

「她為什麼要徒步去？」我問。

十二天官苦笑着回答：「她説那地方直升機下不去，地形太險了。」

我不禁倒抽了一口 **涼氣**，地形太險峻，這等於説，白素的處境又危險了幾分！（待續）

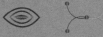

案件調查輔助檔案

渾然天成

果然，她們説：「白姐姐太性急了，看，紅綾多可愛，真是**渾然天成**，不應該強迫她改變。」

意思：自然形成，沒有人為雕琢的痕迹。

情不自禁

良辰美景一想到可以去苗疆玩，**情不自禁**地歡呼起來，像穿花蝴蝶般亂竄，我暗中拿她們的身法和那一對銀猿相比較，還真難判斷誰更快捷靈活一些。

意思：感情激動得無法自我控制。

津津有味

我又説了許多關於苗疆的情形，她們聽得**津津有味**，對許多事情都大感好奇，她們齊聲問：「烈火女是怎麼一回事？」

意思：形容興趣濃厚。

滔滔不絕

就在她們你一言我一語，**滔滔不絕**的時候，我的手機響起，一接聽，傳來了白素的聲音，她先叫了我一聲，然後問：「良辰美景到了嗎？」

意思：形容説話連續而不間斷。

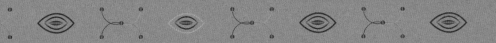

責無旁貸

我的臉容和反應已經回答了她，我急得雙腳直跳，萬一良辰美景有了什麼意外，我絕對**責無旁貸**，是我害了她們。

意思：自己應盡的責任，沒有理由推卸。

我行我素

藍絲明白我這樣問的用意，她回答道：「我會表面聽從，但實際仍然**我行我素**，我想，紅綾現在做的也是這樣。」

意思：依所居的地位行其份內的事。

愧不敢當

對於她的稱讚，我有點**愧不敢當**，和蠱苗有交往的漢人肯定不止我一個。

意思：感到慚愧，承擔不起。

不由自主

那如斗一般大的頭壓得我**不由自主**地喘氣，我正想把牠推開之際，遮住山洞的門忽然揚了起來，一個人以奇快無比的身法直竄而出。

意思：由不得自己作主。表示無法控制自己。

蔚為奇觀

在苗疆的上空看日出，真是**蔚為奇觀**。

意思：匯聚成奇特的景觀。

環環相扣

她們想了一想，索性從頭說起，可見整件事的來龍去脈頗為複雜，**環環相扣**。

意思：每一個相互關連的關鍵或事物緊密配合。

出其不意

兩人聳了聳肩說：「我們當時只是想做些**出其不意**的動作，去引牠們注意，使牠們放慢，甚至停下來。沒料到牠們倒也善良，回身接住了我們。」

意思：趁人不備，出於對方意料之外。

童心未泯

良辰美景憋了一肚子氣，終究**童心未泯**，兩人不約而同一起打量着銀猿的頭頂，心想：「老猿猴的頭頂，手不能摸，用眼睛看總可以吧！」

意思：年歲已大，卻仍保有兒童一般天真、純潔的心性。

粉身碎骨

若不是那直升機性能奇佳，她們早已**粉身碎骨**了。

意思：把身體、骨頭都粉碎掉，比喻犧牲生命。

匪夷所思

腦科手術，尤其是替猿猴進行腦科手術，這不免有點**匪夷所思**。

意思：非一般人所能想像得到的。

置之不顧

白素甚至認為，她母親最後突然在苗疆消失，連尚在幼年的紅綾都**置之不顧**，一定也和外星人有關。

意思：放着不管，不聞不問。

變本加厲

白素的激將法**變本加厲**，冷冷地說：「根本就沒有自己會着火的人！」

意思：比喻改變原有的狀況且更加嚴重。

衛斯理系列少年版 22

烈火女 上

作　　　者：衛斯理（倪匡）

文 字 整 理：耿啟文

繪　　　畫：鄺志德

助 理 出 版 經 理：周詩韵

責 任 編 輯：陳珈悠

封 面 及 美 術 設 計：BeHi The Scene

出　　　版：明窗出版社

發　　　行：明報出版社有限公司

　　　　　　香港柴灣嘉業街 18 號

　　　　　　明報工業中心 A 座 15 樓

電　　　話：2595 3215

傳　　　真：2898 2646

網　　　址：http://books.mingpao.com/

電 子 郵 箱：mpp@mingpao.com

版　　　次：二〇二二年二月初版

I S B N：978-988-8688-29-6

承　　　印：美雅印刷製本有限公司